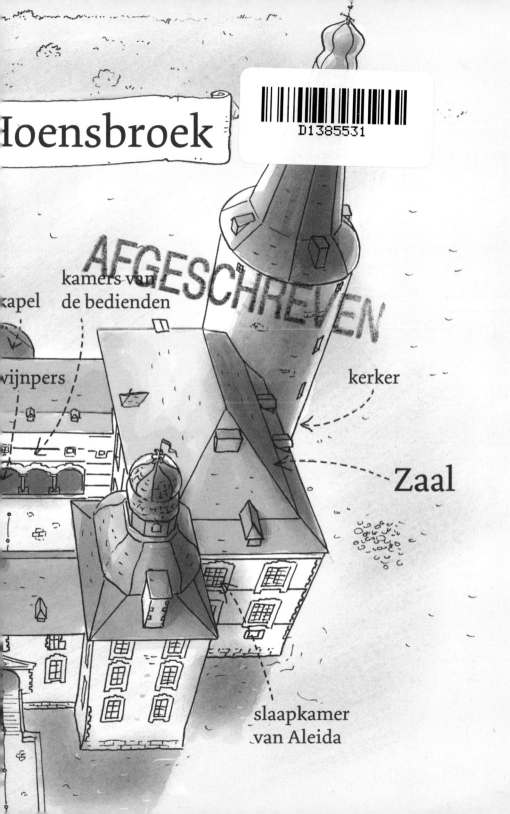

Hoensbroek

AFGESCHREVEN

kapel

kamers van
de bedienden

vijnpers

kerker

Zaal

slaapkamer
van Aleida

Lees ook:

Ridderfeest op het Muiderslot
Onder vuur
Schildknaap op het Muiderslot

www.arendvandam.nl
www.ivanilia.nl

Arend van Dam
Ridder zonder kasteel

Met illustraties van ivan & ilia

LEOPOLD / AMSTERDAM

De Nederlandse
Kinderjury
2009

AVI 7–8

Copyright © tekst Arend van Dam 2008

Copyright © illustraties ivan & ilia 2008

Omslagontwerp Joen design

Uitgeverij Leopold, Amsterdam / www.leopold.nl

NUR 282 / ISBN 978 90 258 5241 2

Uitgeverij Leopold drukt haar boeken op papier met het FSC-keurmerk.
Zo helpen we waardevolle oerbossen te behouden.

Inhoud

Familiebezoek

Geklingel galmt door de gangen en langs de trappen van kasteel Hoensbroek. Het is etenstijd. Alleen Aleida's vader kan zo ongeduldig aan het belkoord trekken. Aleida legt haar borduurwerk neer, tilt haar rok op en holt de torenkamer uit, de grote zaal door, naar de eetkamer.

'Je bent laat,' moppert ridder Nicolaas 'Je weet dat ik er een hekel aan heb om te wachten. De meid heeft al opgediend.'

Op tafel staat een ganzenpastei. Aleida glipt naast haar zusje Barbara op de houten bank. Die trekt haar lip op en zegt met een bibberstem: 'Ik lust geen gans.'

Aleida's moeder, vrouwe Agnes, doet of ze niets hoort. Ze stopt een druif in haar mond en mompelt: 'Pastei maakt dik. Ik wil niet dik worden.'

Verveeld kijkt Aleida uit het raam. Ze ziet een stofwolk die snel dichterbij komt. Zonder toestemming te vragen, staat ze op en gaat naar het raam. Er zijn paarden en ossenwagens in aantocht.

'Aleida, blijf eens zitten!' zegt ridder Nicolaas streng. 'Je hebt nog geen hap van je pastei gegeten.'

'Maar we krijgen bezoek.'

'Om deze tijd nog? Wat zei ik, Aleida? Ga zitten!'

Aleida blijft staan waar ze staat. Nog even en ze kan zien wie de bezoekers zijn. Het is een kleine stoet.

Voorop rijdt een ruiter te paard. Plotseling herkent ze het familiewapen op de mantel van de ruiter.

'Papa, mama, het is oom Johan. Hij heeft zijn hele familie meegenomen.'

Ridder Nicolaas staat op en komt naast Aleida staan.

'Nicolaas, gedraag je!' moppert vrouwe Agnes.

Maar Aleida's vader trekt zich er niets van aan. Hij tuurt naar buiten en roept verbaasd uit: 'Kijk eens wie we daar hebben, is dat niet de ridder zonder kasteel? Mijn broer Johan heeft geen manieren. Wie gaat er nou op bezoek onder etenstijd? Hij heeft zeker honger, de stak-

ker. Nou, hij krijgt geen hap. Wij blijven gewoon aan tafel zitten. Zo zijn de regels.'

Ridder Nicolaas pakt Aleida bij de arm en leidt haar terug naar haar plekje op de bank.

'Zal ik niet even gaan kijken?' vraagt Aleida. Ze is benieuwd wat haar oom en tante komen doen. Ze heeft zelfs een glimp opgevangen van een jongen van haar eigen leeftijd. Hij zat voorop bij zijn vader op het paard. Dat moet haar neef Otto zijn.

Vroeger kwamen Otto en zijn familie nog wel eens op bezoek. Dat was toen opa Herman nog op kasteel Hoensbroek woonde. Maar sinds opa's dood, een jaar geleden, heeft ze Otto niet meer gezien. Behalve op de dag waarop opa werd begraven. Maar toen maakten hun vaders ruzie over het testament van opa Herman.

Paardenhoeven bonken op de slotbrug. Karrenwielen ratelen erachteraan. Het bezoek is aangekomen op het binnenplein.

Aleida kijkt naar haar ouders. Die eten zwijgend door. Maar aan hun rode wangen te zien, zijn ze net zo opgewonden als Aleida zelf. Snel werkt Aleida haar pastei naar binnen. Ze heeft geen tijd om te kauwen. Hap, slik, op!

'Mag ik van tafel?' Zonder het antwoord af te wachten, holt ze door de kleine hal, de deur uit. Ze kijkt uit over het binnenplein.

Ridder Johan spant de paarden uit. Vrouwe Maria heeft een baby op haar arm. Twee kleine meisjes hangen aan haar rokken. Neef Otto sleept in zijn eentje een klerenkist de bordestrap op. Als hij boven is, draait hij zich om en kijkt haar aan.

'Komen jullie op bezoek?' vraagt Aleida. 'Mijn ouders zitten in de eetkamer. Als je wilt...'

Maar Otto laat haar niet uitspreken. 'We blijven hier,' zegt hij brutaal. 'Hoensbroek is ook van ons. Dat staat in opa's testament.'

Even weet Aleida niet wat ze moet zeggen, dan roept ze tegen haar neef: 'Ik ga het tegen mijn vader zeggen.'

'Moet je doen,' zegt Otto.

Snel draait Aleida zich om. Nog net ziet ze dat Otto zijn tong naar haar uitsteekt. Hoe durft hij? Naar haar, jonkvrouwe Aleida Hoen, dochter van ridder Nicolaas Hoen en edele vrouwe Agnes Bock van Lichtenberg. Dit is hun kasteel! Weg met die vervelende oom en tante en hun misbaksels van kinderen.

Aleida rent weg. Ze heeft zo'n haast dat ze niet oplet. Ze trapt op de zoom van haar rok en struikelt de eetkamer binnen. Ze schreeuwt het uit: 'Papa, mama! Ze komen helemaal niet op visite. Ze hebben al hun spullen bij zich. Ik denk... ik ben bang... Otto zegt dat ons kasteel ook van hem is. Want dat wilde opa zo!'

Langzaam staat vrouwe Agnes op van haar stoel. Met haar ijsblauwe ogen kijkt ze ridder Nicolaas aan en zegt: 'Hoen, doe wat je moet doen. Zeg dat ze verdwijnen. Snel, voor het te laat is! Straks zitten we ons hele leven met je familie opgescheept.'

Aleida's moeder gaat steeds harder praten. Ze stampt met haar voet op de grond. 'Hoen, komt er nog wat van? Het is jouw broer. Jaag hem weg!'

Maar Aleida's vader maakt geen aanstalten om op te staan. Eindelijk gaat zijn mond open. Zonder iemand aan te kijken mompelt hij: 'Ik ben het testament kwijtgeraakt. Eigenlijk hoopte ik dat het nooit meer werd gevonden. Dat is misschien niet zo aardig van mij. Maar wat Johan heeft gedaan is nog veel erger. Hij heeft mijn vader gedwongen de helft van het kasteel aan hem te geven. Dat staat inderdaad in het testament. Nu hij het heeft gevonden, hebben we een groot probleem. We moeten een plan bedenken.'

De mond van Aleida zakt open van verbazing. Dit was het laatste wat ze had verwacht. Waarom gaat haar vader er niet op af? Desnoods met getrokken zwaard? Hij is toch de ridder hier?

'Nou, dan neem ik nog maar wat druiven,' zegt haar moeder. En met een diepe zucht laat ze zich terugzakken in haar stoel.

Het testament

De volgende ochtend wordt Aleida al vroeg gewekt. Als ze haar ogen opendoet, kijkt ze in het gezicht van haar vader. Hij zit op de rand van haar bed.

'Aleida, luister eens goed,' zegt haar vader. 'Ik moet je iets uitleggen. Het gaat over de familie.'

Snel gaat Aleida rechtop zitten. Ze wrijft de slaap uit haar ogen.

'Mijn broer Johan is bij ons ingetrokken.'

Aleida knikt. Dat heeft ze met eigen ogen gezien.

'Maar ze horen hier niet thuis. Ik heb even tijd nodig om dit varkentje te wassen. Het is beter dat je voorlopig net doet of ze niet bestaan.'

'En Otto dan?' vraagt Aleida. 'Hij is toch mijn neef?'

'Doe maar gewoon of hij lucht is. Niet met hem praten. Ik praat ook niet met mijn broer. Johan is nooit tevreden. Als je hem een vinger geeft, neemt hij je hele hand. Nu heeft hij het halve kasteel. Maar voor je het weet probeert hij ons hele kasteel in te pikken.'

Aleida begrijpt het. Dat mag nooit gebeuren.

'Afgesproken, Aleida?'

'Ja, papa.'

Als Aleida zich even later heeft aangekleed, besluit ze op onderzoek uit te gaan. Op het binnenplein komt ze lakei Carl tegen. Zijn gezicht gaat schuil achter een grote stapel pannen en ketels.

'De keuken is voortaan verboden gebied, jongedame!'
zegt hij.

Aleida protesteert: 'Maar ik kan toch in de keuken wel
een stukje brood gaan halen? Ik heb honger.'

De lakei steekt zijn neus in de lucht en zegt: 'Wij hebben geen keuken meer, dus moeten wij een dagje honger
lijden. Vandaag vind je de hond in de pot.' Hij is nog niet
uitgesproken of alle pannen en ketels kletteren op de
keien.

Aleida bukt zich om de lakei te helpen. Ze loopt hem
achterna naar de kelder onder de zaal. Daar vindt ze ook
Anna, de meid. Die stookt het vuur in de haard op en
hangt er een ketel water boven.

'Och, mijn arme kind, je zult wel honger hebben. Over
een paar tellen heb ik wat te eten voor je. Voortaan koken
wij gewoon hier in de kelder, boven een vuurtje. We
schikken wel een beetje in, met z'n allen. Die arme oom
en tante van je hebben toch ook recht op een plekje?
Daar heb ik alle begrip voor. Al zolang ik Nicolaas en
Johan ken, maken ze ruzie. Als kleuters vochten ze al om
eten, speelgoed en aandacht. Je vader mag dan de oudste
zijn, hij kan zijn broer toch ook iets gunnen?'

'Godart, kom onmiddellijk hier!' klinkt het op het binnenplein.

Aleida loopt de trap op, naar buiten.

'Breng mijn paarden naar het koetshuis, Godart,' zegt
Aleida's vader. En tegen Aleida: 'Help jij ook eens mee. Je
pony staat in de weg.'

'Maar vader, waarom dan?'

'Ben ik soms niet duidelijk geweest? Ik zei toch: help
eens mee?'

'Ja, vader.' Gehoorzaam brengt ze haar pony van de stal naar het koetshuis.

Halverwege het voorplein komt ze Otto tegen. Hij kijkt haar brutaal aan en vraagt: 'Wat ga jij doen?'

Hoewel ze eigenlijk niet met hem mag praten, zegt Aleida: 'Ik moet Prinses in het koetshuis zetten.'

Otto knikt. 'De stallen zijn voortaan van ons. Net als de schuur, de keuken, de vijver, de...'

Aleida laat Otto niet uitpraten. 'Je bent een gemene dief!' roept ze boos uit. 'Jullie hebben hier helemaal niets te zoeken. Hoensbroek is van ons. Ophoepelen, dus!' Ze pakt Prinses weer bij de teugel en trekt haar mee in de richting van het koetshuis.

'Kijk maar in het testament van opa Herman,' klinkt het achter haar. 'Of kun je niet lezen?'

Eigenlijk zou Aleida niet naar het geklets van haar neef moeten luisteren. Ze zou moeten doen of ze hem niet hoort en gewoon doorlopen. Maar ze wil ook graag meer te weten komen over dat geheimzinnige testament. En daar heeft ze Otto bij nodig.

'Ho!' zegt ze tegen Prinses. Dan draait ze zich langzaam om en vraagt: 'Nou?'

Otto doet een paar stappen naar voren. Als hij vlak bij haar is, fluistert hij: 'Wil je het zien? Vanavond als de eerste toortsen aangaan. Neem het gangetje op de eerste verdieping. Je weet wel, achter de kamers van de meid en de lakei. Je vindt me in de jachtkamer.'

Voor Aleida kan antwoorden, is Otto verdwenen. Vol ongeloof schudt ze haar hoofd. Die rare Otto doet of het kasteel van hem is. Maar als het moet, zal ze het spel meespelen.

Ridders en hun kastelen

Elke ridder maakte een lijst van al zijn bezittingen. Hij schreef ook op wat zijn kinderen na zijn dood zouden krijgen. Als de ridder maar één kasteel had, dan had de oudste zoon de meeste rechten om in dat kasteel te blijven wonen.

En de andere zoons dan? De andere zoons gingen in een klooster of probeerden aan de kost te komen bij een andere kasteelheer. Ze konden ook proberen met een rijk meisje te trouwen. Het liefst met een meisje dat geen broers had. Zo konden de andere zoons net als hun grote broer kasteelheer worden. Als dat niet lukte, waren ze ridder zonder kasteel.

Gemene ridders gingen soms op oorlogspad. Ze probeerden het kasteel van een ander te veroveren. Die ridders werden roofridders genoemd.

Het verdwenen zegel

De zon gaat onder. Het wordt donker op het binnenplein. Aleida kijkt uit haar kamerraam. Ze wacht tot de poortwachter de eerste toorts aansteekt en in de houder zet. Dan sluit ze de luiken en sluipt door de eetkamer en de zaal naar de grote trap. Ze gaat de trap op en komt in het gangetje terecht dat achter de bediendenkamers langs loopt. Ze hoopt maar dat ze niemand tegenkomt. Eigenlijk mag ze niet meer aan deze kant van het kasteel komen.

Ze glipt de gang door, langs de kamers van Anna, Godart en Carl. Op de laatste deur prijkt een bordje met het opschrift: *Carl Gustav von Reinhard.* Wat zou Aleida graag eens willen rondneuzen in de kamer van de lakei, maar ze moet opschieten. Ze hoort deuren slaan. Plotseling staat Otto voor haar.

'Kom,' zegt hij. En hij neemt haar mee naar de jachtkamer.

Verbaasd kijkt Aleida om zich heen. Alle trofeeën zijn van de muren gehaald. Dat moest haar vader eens zien. Woedend zou hij worden!

Otto loopt naar de tafel, steekt een kaars aan en wijst naar een stuk perkament met een rood lakzegel.

Testament van Herman Hoen van Hoensbroek
Kasteel Hoensbroek en alles wat daarbij hoort, is voor mijn zoon Nicolaas.

Waar maakt Aleida zich druk om? Er is niets aan de hand. Otto kletst maar wat. Ze kijkt hem vragend aan.

'Verder lezen,' zegt haar neef.

Bijzondere bepaling

Alleen als Nicolaas met een gewoon meisje trouwt, krijgt hij het hele kasteel Hoensbroek.

Maar als Nicolaas trouwt met een rijke jonkvrouwe, dan moet hij de helft van al mijn bezittingen aan Johan geven.

Dit kan natuurlijk alleen doorgaan als mijn zoons allebei ridder worden en zich als echte ridders gedragen.

Om te voorkomen dat er bij het verdelen van de erfenis ruzie komt, heb ik alles eerlijk verdeeld:

1. Johan krijgt de helft van kasteel Hoensbroek. Te weten: de keuken en de kamers die daarbij horen. En ook de kelders onder de keuken en de kamers boven de keuken. En verder: de schuur, de paardenstal, de helft van de slotvijvers en de beken.

2. De weide aan de Molenweg.

3. De lange beemd tussen Geleen en de beek.

4. De molen van Hoensbroek.

5. De vijver bij de Aldenhof.

6. De heerlijkheid Visserweert.

7. Vijftig kapoenen jaarlijks.

8. Honderd mud rogge.

Aleida is sprakeloos. Als dit allemaal klopt, heeft Otto helemaal gelijk. Hij en zijn familie hebben recht op de helft van alles wat haar vader bezit. Dat komt allemaal omdat ridder Nicolaas is getrouwd met een meisje uit een steenrijke familie: vrouwe Agnes Bock van Lichtenberg. En dus moet het testament uitgevoerd worden.

Er is nog één ding waar Aleida aan twijfelt.

'Maar...' begint ze.

'Maar wat?'

'Volgens mijn vader is jouw vader helemaal geen ridder. Hij doet maar alsof.'

'Ik weet zeker dat mijn vader ridder is. Hij heeft de ridderslag gekregen. Dat heeft hij me zelf verteld.'

'Nietes.'

'Welles.'

'Laat eens zien dan.'

'Wat?'

'Zijn ridderzegel. Elke ridder heeft een eigen zegel.'

'Ik zal het je laten zien. Mijn vader bewaart zijn ridderzegel in deze kist.' Otto pakt een sleutel uit een la en loopt naar de oude kist die tussen de twee ramen tegen de muur staat. Voor hij de sleutel in het slot steekt, roept hij verbaasd uit: 'Wat vreemd, de kist is al van het slot.'

'Waar blijf je nou met je zegel?' vraagt Aleida plagerig.

'Rustig maar,' zegt Otto. Hij doet de deksel open en gaat met zijn handen door de kist.

Aleida licht hem bij met de kaars. Ze ziet dat het gezicht van Otto langzaam rood wordt.

'Hoe k-kan dat nou,' zegt Otto hakkelend. 'Het zegel is verdwenen. Het zat in dit kistje, samen met de rode lak. Maar het kistje is leeg.'

'Ja, ja,' zegt Aleida. 'En dat moet ik zeker geloven? Volgens mij is jouw vader niet alleen een ridder zonder kasteel, maar ook een ridder die helemaal geen ridder is.'

Met haar neus in de lucht stapt ze de jachtkamer uit.

Ze gaat haar vader eens precies uit de doeken doen wat ze zojuist heeft ontdekt.

Als ze terugloopt langs de bediendenkamers, ziet ze dat de deur van de kamer van Carl op een kier staat. Zal ze er eens een kijkje nemen? Nee, stel je voor dat hij haar ziet. Snel sluipt ze verder tot ze op haar eigen veilige helft van kasteel Hoensbroek is.

Van kapoenen en rijke stinkerds

Een *kapoen* is een gecastreerde haan.
Een *beemd* is een grasland in een beekdal.
Steenrijk ben je als je veel stenen huizen of kastelen bezit.
En dan de *rijke stinkerds*. Waarom zouden rijke mensen meer stinken dan arme?

Arme mensen werden buiten begraven in de grond. De rijken werden bijgezet in graven onder de vloer van de kerk. In de zomer, als het warm was, rook het in de kerk niet zo fris. Dan begonnen de lijken van de rijken namelijk te stinken. Er moest heel wat wierook aan te pas komen om de stank te verdrijven.

Het duel

Aleida heeft straf gekregen. Ze zit al twee dagen binnen omdat ze met Otto heeft gepraat. Het is haar eigen schuld. Had ze haar vader maar niet moeten vertellen over het verdwenen ridderzegel.

'Dat is mooi,' zei haar vader. 'Maar hoe weet jij dat zo zeker?'

'Otto zei...' En toen was het te laat.

Ridder Nicolaas was erg boos geworden. 'Ik had nog zo gezegd dat je niet met hem mocht praten. De rest van de week blijf je binnen!'

Met haar borduurwerk gaat Aleida voor het raam van haar eigen kamer zitten. Gelukkig heeft ze de mooiste kamer van het kasteel: uitzicht op het binnenplein én uitzicht op de slotbrug en het voorplein. Telkens doet ze een nieuwe draad in haar naald. Steek voor steek tovert ze een tafel vol heerlijke dingen tevoorschijn. Zoveel kleuren als er in de veren van een parelhoen gaan!

Plotseling klinkt er hoefgetrappel.

Een boer stuurt zijn paard met hooiwagen en al de slotbrug op. Aleida loopt naar het andere raam om beter te kunnen zien wat er gebeurt. Daar ziet ze dat de boer zijn paard-en-wagen op het binnenplein parkeert.

'Wat moet dat?' roept Aleida's vader naar de boer.

'Hier is het hooi, mijn heer,' zegt de boer.

Ook ridder Johan komt het plein op lopen.

'Breng maar naar het koetshuis,' zegt ridder Nicolaas.

'Het is mijn hooi,' roept ridder Johan. 'Dus breng het maar naar de schuur.'

'Jouw hooi?'

'Hooi dat van mijn land komt, is van mij,' houdt ridder Johan vol.

'Maar het is mijn boer,' roept ridder Nicolaas. 'Zo zijn de regels.' En dan, tegen de boer: 'Breng dat hooi naar het koetshuis.'

'Nee, naar mijn schuur,' zegt ridder Johan.

'Zolang jullie niet kunnen beslissen, krijg je je hooi op het binnenplein,' zegt de boer. 'Zoek het samen maar uit.' Hij klimt op de kar en begint met hooi te gooien. Ridder Nicolaas krijgt een lading over zich heen en kan nauwelijks blijven staan.

Johan grijpt wild om zich heen. Hij verzamelt grote plukken hooi en brengt ze naar zijn helft van het binnenplein.

'Poortwachter!' roept Aleida's vader. 'Ik wil dat je ingrijpt.'

Verveeld komt Godart eraan geslenterd. 'Wat moet ik doen?'

'Arresteer de boer.'

'Wat heeft hij dan gedaan? Hij komt gewoon zijn hooi afleveren, wat is daar verkeerd aan?'

Even lijkt ridder Nicolaas uit het veld geslagen. Dan zegt hij: 'Wat zei ik? Grijp die boer! Zolang ik je betaal, voer je mijn bevelen uit. Begrepen?'

Godart weigert nog steeds om zijn handen uit de mouwen te steken.

'Arresteer dan ten minste het paard!' roept ridder Nicolaas.

'Als het moet, dan moet het maar,' zegt de poortwachter. Kalm loopt hij naar de kar, spant het paard uit en zet het vast aan een pilaar van de galerij.

'Poortwachter, arresteer de kar,' gebiedt ridder Johan.

'Wat krijgen we nou?' roept ridder Nicolaas. 'Godart is helemaal jouw poortwachter niet. Zolang ik hem betaal, moet hij doen wat ik zeg.'

'Dan weet ik het goed gemaakt,' zegt ridder Johan. 'Vanaf nu betaal ik de helft van zijn loon.' En tegen de poortwachter zegt hij: 'Godart, gooi die boer in de kerker.'

'Ha, ha,' lacht ridder Nicolaas. 'Je hebt helemaal geen kerker. De kerker ligt onder in de ronde toren. En die is van mij.'

'Aha!' roept ridder Johan uit. 'Dus je geeft toe dat de ene helft van het kasteel van mij is, en de andere helft van jou?'

'Daar ga ik nog verandering in brengen.' Kwaad loopt Aleida's vader naar binnen.

Even later klinkt op het binnenplein lawaai. Als Aleida naar het raam loopt, gelooft ze haar ogen niet. Ridder Johan is druk in de weer met houten palen en lange touwen. Hier en daar wipt hij een steen uit het plein. Met een schep graaft hij een putje. In dat putje slaat hij een houten paal. En al die palen bindt hij met touwen aan elkaar.

Aleida begrijpt dat haar leven nooit meer hetzelfde zal zijn als vroeger. Ze rent naar de zaal. 'Vader, vader, ridder Johan maakt een hek op het binnenplein!'

Ze schrikt als ze haar vader ziet.

Ridder Nicolaas trekt net het laatste riempje van zijn borststuk vast. In vol ornaat stapt hij langs haar. Grimmig zegt hij: 'Een hek? Op mijn plein? Wat zei ik, je kunt die Johan niet vertrouwen!'

Aleida knikt en kijkt haar vader na. Dan rent ze weer naar haar kamer, daar heeft ze het beste zicht op het hele plein.

Trots staat ridder Nicolaas op het binnenplein. Compleet met maliënkolder, borststuk en arm- en beenstukken. In de ene hand houdt hij zijn helm, in de andere zijn zwaard.

'Johan, ben je helemaal gek geworden?' roept hij. 'Kasteel Hoensbroek is van mij en het blijft van mij!' En hij hakt met zijn zwaard een van de touwen van het hek door.

'Kom maar op, ridder zonder kasteel!' roept hij uitdagend. 'Wil je er soms om vechten? Wie wint, mag hier blijven wonen.'

Otto's vader staat als aan de grond genageld. Hij is ongewapend.

Dan komt plotseling Anna, de dienstmeid, eraan. Ze sleept de stukken van een harnas met zich mee.

'Denkt er nou niemand aan die arme mensen? Ze hebben het al zo moeilijk. Dit is toch geen eerlijk gevecht? Ridder Johan heeft ook recht op bescherming. Hier, Anna helpt je wel. Ik ben het al mijn hele leven gewend. Eerst is het ruzie, dan wordt het vechten en dan komt Anna om te troosten.'

Ze blijft voor ridder Johan staan en helpt hem in het harnas.

Even kijken de twee ridders elkaar aan. Dan doen ze allebei hun helm op en nemen het zwaard ter hand.

Aleida houdt haar adem in.

'Wat doet papa nou?' vraagt haar zusje Barbara.

'Spelen,' zegt ze snel. Voor de zekerheid houdt ze haar handen voor Barbara's ogen.

'Ik hoop maar dat papa wint,' zegt Barbara bijdehand.

Ja, dat hoopt Aleida ook. Wat zal er gebeuren als haar vader verliest? Dan moeten ze misschien vertrekken. Wie weet brengen haar ouders haar dan naar een klooster. Veel ridders doen dat als ze niet weten wat ze met hun kinderen moeten beginnen.

'Hup, Nicolaas!' moedigt vrouwe Agnes haar man aan.

Meteen krijgt ridder Johan ook bijval. Vrouwe Maria verschijnt in de deuropening en roept: 'Johan, zet hem op!' De baby op haar arm zet het op een krijsen. De twee kleuters verstoppen zich achter haar rokken. Otto komt naast haar staan.

Ridder Nicolaas deelt een rake klap uit. Hij raakt ridder Johan midden op het borststuk. De vonken slaan eraf.

Maar ridder Johan herstelt zich en stort zich op ridder Nicolaas. Die struikelt en valt op de grond. Het zwaard van ridder Johan schampt langs zijn helm. Net op tijd weet hij zich overeind te werken en opnieuw toe te slaan.

Aleida kijkt toe. Langzaam kan ze weer ademhalen. Eigenlijk kan er niet veel mis gaan. De twee ruziënde broers zijn goed beschermd. Ze laat haar zusje los.

Dan kijkt ze naar Otto. Ziet ze het goed? Hij knipoogt naar haar!

Giechelend doet ze de twee vechtende ridders na, met haar hand hakt ze door de lucht alsof ze een zwaard heeft. Otto schiet ervan in de lach.

Konden ze maar met elkaar praten! Het is toch belachelijk dat hun vaders al hun hele leven ruziemaken. Daar moet echt een eind aan komen. Wat heeft Aleida ermee te maken? Niets! En Otto? Ook niets!

Plotseling ziet ze dat Otto zich omdraait en naar binnen gaat. Kan hij er niet meer tegen?

Terwijl het gevecht doorgaat, probeert Aleida na te denken. Ze moet iets bedenken, een plan om de twee vaders op andere gedachten te brengen. En dat plan begint bij haar, en bij Otto. Waarom zouden twee kinderen niet samen kunnen zorgen voor een oplossing? Jammer dat Otto is weggevlucht, anders zou ze...

Op dat moment komt Otto weer naar buiten. Hij heeft iets in zijn hand, een rolletje papier. Stiekem wenkt hij haar.

'Blijf papa maar goed aanmoedigen,' zegt Aleida tegen Barbara. Nieuwsgierig loopt ze zelf naar buiten.

Er is gelukkig niemand die op haar let. Ze ziet dat Otto zit weggedoken bij de slotbrug. Hij wil iets zeggen, maar Aleida houdt haar wijsvinger voor haar dichtgeknepen lippen. Ze mogen nog steeds niet met elkaar praten. Ze kijkt even om, maar haar vader heeft haar niet gezien. Hij staat voor de poort en deelt net een harde klap uit, die ridder Johan handig opvangt.

Otto steekt zijn hand met de rol door het hek. Snel pakt Aleida het opgerolde papier. Ze gaat tegen de muur van de slotbrug zitten en rolt het papier open.

Beste Aleida,

Van mijn vader mag ik niet meer met je praten. Als ik niet meewerk, stuurt mijn vader mij naar Valkenburg. Dan word ik het hulpje van een ridder, net als mijn grote broers. Dat wil ik niet. Maar er zijn toch ook andere manieren om contact te hebben?

Zullen we de volgende seinen afspreken?

– Rode vlag: je moet me zo snel mogelijk komen helpen.

– Blauwe vlag: ik heb een briefje verstopt in de wijnpers op de galerij.

– Gele vlag: Doe iets geks om de aandacht af te leiden zodat ik ongezien op zoek kan gaan naar het zegel van mijn vader.

– Als je me hoort zingen, luister dan goed. Mijn lied bevat een geheime boodschap.

Afgesproken?

Je neef Otto

Aleida kijkt over de rand van de muur. Otto staat alweer naast vrouwe Maria.

Wat heeft hij dat goed bedacht. En wat erg dat zijn ouders hem weg willen doen. Het lijkt haar verschrikkelijk om het hulpje van een ridder te zijn.

Langzaam wordt het donker op het binnenplein. Het riddergevecht is afgelopen. De vechtersbazen liggen uitgeput op de grond.

Vrouwe Agnes staat er hoofdschuddend bij te kijken. 'Stelletje slappelingen,' mompelt ze.

Aleida helpt haar moeder om ridder Nicolaas van het slagveld naar binnen te brengen.

'Het spijt me, vrouwe,' zegt Aleida's vader met een

zucht. 'Ik zei nog zo: die Johan kan ik makkelijk hebben.'

'Mannen,' zegt Aleida's moeder.

Met moeite bevrijden ze ridder Nicolaas uit zijn harnas. Aleida dept het hoofd van haar vader met een natte lap. Gelukkig is ridder Nicolaas niet gewond geraakt.

'Je hebt alleen maar een paar blauwe plekken, vader,' zegt Aleida.

Even doet ridder Nicolaas zijn ogen open en kijkt Aleida aan. 'Maar mijn eer is gekrenkt, Aleida. Dat is voor een ridder het allerergst.'

Heerlijke rechten

Elke kasteelheer heeft een groot aantal rechten.

Hij mag de boeren belasting laten betalen, of een deel van de oogst opeisen.

Hij mag tol heffen bij bruggen, sluizen of veerponten.

Hij mag de boeren oproepen om mee te vechten tegen een vijand.

Hij mag bepalen wie er op zijn land mogen jagen.

Natuurlijk heeft een heer ook plichten. Hij is verplicht de boeren die bij hem horen te beschermen als er gevaar dreigt.

Otto op hazenjacht

Na een week lijkt het of het leven op Hoensbroek weer heel gewoon is. Aleida helpt haar moeder, ze borduurt en ze past op haar zusje.

Op zaterdag helpt ze haar vader om de hertengeweien op te hangen in de zaal.

Op zondag helpt ze Anna om worsten, hammen en andere etenswaren uit de keuken te halen. Eindelijk komt ze weer op verboden terrein. Maar Otto laat zich niet zien.

In de kelder maakt de meid het eten klaar. Gelukkig komen er weer lekkere hapjes op tafel in plaats van droog brood.

'Komt papa niet eten?' vraagt ze.

'Je vader is vanmorgen vroeg naar Maastricht vertrokken,' legt haar moeder uit. 'Gelukkig kreeg hij plotseling een goed idee. De buren in de keuken mogen er niets van weten. Je begrijpt dat er zo snel mogelijk een eind moet komen aan deze toestand.'

'Mag ik straks met de andere kindjes spelen?' vraagt Barbara.

Aleida kijkt naar haar moeder. Wat zal ze zeggen?

'Je bedoelt je nichtjes Marie en Aleid?' vraagt vrouwe Agnes. 'Geen sprake van, Barbara.'

'Mama, toe,' zegt Aleida. 'Zij kunnen er toch niets aan doen dat...' Ze maakt haar zin niet af. De boze blik van haar moeder zegt genoeg.

En dus doet Aleida haar gewone werk: haar moeder helpen, borduren en met Barbara spelen.

De volgende dag klinkt er hoefgetrappel op het voorplein. Aleida springt op en loopt naar de deur om haar vader te begroeten. Maar in plaats van ridder Nicolaas rijdt Otto door de poort het binnenplein op. Hij is op jacht geweest. Hij heeft drie hazen geschoten.

Aan de overkant van het plein spoedt de familie Hoen van de Keuken zich naar buiten. Trots bewonderen ze de buit van hun zoon.

Met een boos gezicht holt vrouwe Agnes naar buiten en zegt tegen Otto: 'Mag ik vragen waar je dat wild geschoten hebt?'

'In de bossen en velden tussen Valkenburg en Hoensbroek, tante,' antwoordt Otto beleefd.

'Dat is ons land.' Aleida's moeder bijt hem de woorden toe. 'Dus die hazen zijn van ons.'

Otto kijkt onzeker naar zijn vader en moeder.

'Laat haar maar kletsen, jongen,' zegt oom Johan.

'Als mijn man terugkomt, hoor je er nog van,' zegt vrouwe Agnes. Ze grijpt een van de hazen bij de poten en neemt hem mee naar de kelder onder de zaal. Aleida gaat haar achterna.

In de kelder heeft haar moeder het met de meid aan de stok.

'Anna, wat heb ik je gezegd? Steek je handen uit de mouwen!'

Maar de meid doet iets heel anders met haar handen. Ze zet ze in haar zij, gaat voor vrouwe Agnes staan en zegt: 'Doe het zelf maar. Ik ben die ruzies van jullie meer dan zat. Stelletje verwende nesten! Vrouwe Maria is heus niet minder omdat ze toevallig niet van adel is. Ouders horen hun kinderen het goede voorbeeld te geven. Zolang jullie die belachelijke ruzie niet bijleggen, zien jullie mij hier niet meer terug.' Ze draait zich om en loopt de deur uit.

'Uit mijn ogen!' schreeuwt Aleida's moeder. 'Je bent ontslagen.'

'Te laat,' zegt de meid zonder zich nog om te draaien. 'Want ik ben al weg.'

Anna loopt met grote passen over de keien. Ze tilt haar rokken op en stapt over het hek. Daar pakt ze een bezem en begint te vegen.

'Mama, zie je dat?' roept Aleida.

Haar moeder komt naast haar staan. 'Wat krijgen we nu?' roept vrouwe Agnes uit. 'De meid is overgelopen naar de keuken.'

Op dat moment komt ridder Nicolaas door de poort gereden. Snel glipt Aleida langs haar moeder de deur uit, naar buiten.

'Vader, vader!' roept ze.

'Wat is hier aan de hand?' zegt de kasteelheer terwijl hij verbaasd om zich heen kijkt.

'Mama is boos omdat Otto hazen heeft gevangen. En Anna is verdwenen naar de buren.'

'Dan is het maar goed dat ik naar Maastricht ben gegaan. De hertog van Brabant heeft mij benoemd tot schout van Hoensbroek. Dat betekent dat ik recht mag spreken. En dat ga ik nu meteen doen.'

Even later is het hele kasteel in rep en roer. Boven de zuilengalerij gooit lakei Carl de luiken van zijn kamer open en steekt een bazuin naar buiten. Als alle kasteelbewoners op het getoeter zijn afgekomen, roept hij: 'Hedenmiddag om twaalf uur vindt een rechtszitting plaats. Otto, die brutale snotneus, zal worden veroordeeld wegens het stelen van wild.'

Aleida's vader zet een tafel en een stoel tussen de pilaren van de galerij.

Aleida is zenuwachtig. Zullen de andere Hoenen haar vader gehoorzamen? Of lappen ze de bevelen van ridder Nicolaas aan hun laars?

Tegen twaalven loopt het binnenplein vol. Aan de ene kant verzamelt ridder Johan zich met zijn familie. Niemand ontbreekt. Ook meid Anna sluit zich bij hen aan.

'Ik open de zitting,' zegt ridder Nicolaas. 'De verdachte mag naar voren komen.'

'Wat een flauwekul!' roept oom Johan. 'Je bent helemaal geen rechter.'

'En dit dan?' antwoordt Aleida's vader. Hij houdt een rol perkament omhoog waaraan een lint met een lakzegel hangt. 'Moet ik het helemaal voorlezen? Het is ondertekend door de hertog van Brabant zelf. Hij heeft me benoemd tot schout van Hoensbroek.'

'Je kunt niet recht spreken wat krom is,' antwoordt Johan nukkig. 'Bovendien ben je helemaal alleen. Een echte schout doet zijn werk samen met de schepenen. Mag ik vragen waar die gebleven zijn?'

'Als schout van Hoensbroek en wijde omgeving beveel ik je om dit kasteel te verlaten. De hertog van Brabant heeft me beloofd dat hij de landvoogdes persoonlijk zal inlichten over deze zaak. Je begrijpt: als zij zich ermee komt bemoeien, ben je kansloos. En dan nu de zaak van je zoon Otto. Hij heeft gejaagd zonder mijn toestemming. Hij moet zijn buit bij mij inleveren. Ik veroordeel Otto tot een nacht in de kerker. Carl, ik wil dat je daar persoonlijk op toeziet. Alleen water en brood. Ik heb gesproken. Daarmee beëindig ik deze zitting.'

Rechtspraak

In de middeleeuwen werd recht gesproken door een
schepenbank. Aan het hoofd stond een schout. Vaak was de
schout een belangrijke edelman. Schout en schepenen
kwamen een paar keer per jaar bij elkaar om recht te spreken.
Straffen die werden gegeven:
- – eenzame opsluiting op water en brood;
- – de schandpaal of het schandblok;
- – verbanning;
- – beslaglegging op alle eigendommen;
- – de galg.

Een ridder die ook schout was, had alle macht in handen.
Hij was niet alleen de baas in het gebied, hij kon de mensen
ook straffen als zij niet deden wat hij zei.

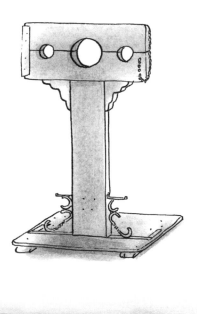

Een brief van de landvoogdes

'Het zal niet lang meer duren,' zegt ridder Nicolaas even later aan tafel. Ze eten koude soep. De lakei heeft het vuur in de open haard niet aangekregen.

'Ik lust geen koude soep,' zeurt Barbara. Maar niemand luistert naar haar.

'Wat gaat er dan gebeuren?' vraagt Aleida.

'Dan gaat mijn broer er met de staart tussen de benen vandoor,' is het antwoord. 'Op een kasteel kan er maar één de baas zijn, en dat ben ik. Zo zijn de regels. Nog even, en het hele kasteel is weer van ons. Dan kunnen we dit hele gedoe vergeten.'

Aleida probeert het meteen. Ze probeert niet te denken aan Otto en zijn familie. Dan kan ze weer eten in hun eigen keuken. Dat zou fijn zijn. Maar dat is wel zielig voor Otto en zijn familie, dan moeten ze weer terug naar hun huisje aan de Maas, in Maastricht. Lang geleden is ze er een keer op bezoek geweest. Het is een huis zonder ophaalbrug, zonder torens en zonder ridderzaal. Geen plek waar een ridder zich thuis voelt.

Die avond glipt Aleida naar buiten. Op het binnenplein hangt de geur van wildbraad. Aleida loopt de poort uit om van de ondergaande zon te genieten. In de verte klinkt een lied.

Langzaam verandert de rode bal aan de horizon in een paar rozerode flarden.

Aleida wandelt terug naar de slotbrug. Het valt haar op dat het zingen steeds luider wordt. Wie zou de zanger zijn? Op dat moment komt Aleida's neef Otto naar buiten. Hij wordt gevolgd door ridder Johan. De poortwachter houdt twee paarden bij de leidsels.

Aleida kijkt haar neef vragend aan. Otto doet of hij haar niet ziet. Maar hij zingt een liedje dat ze wel kent. Het is een lied over pages en schildknapen.

Elke ridder heeft een knecht,
die bij hem is, in elk gevecht.
Wil de ridder zijn vijand slaan?
De page geeft hem zijn wapens aan.

Maar na dat eerste couplet zingt Otto een paar zinnen die Aleida nog nooit heeft gehoord:

Deze page roept hard: Nee.
Hij wil niet met zijn vader mee.
Maar de ridder stuurt hem toch,
naar het kasteel van de hertog.

'Hou eens op met die flauwekul,' zegt Otto's vader. 'Opstijgen! We hebben nog een lange weg te gaan.'

Waar gaat ridder Johan naartoe? Plotseling begint Aleida het te begrijpen. Otto gaat naar Valkenburg. Zijn vader brengt hem naar de hertog. En wie zegt dat Otto ooit nog terugkomt?

Ze moet iets doen, maar wat? Een rode vlag? Een geel sein? Een lied!

Ook ridder Nicolaas heeft een kind.
Dat hij ongehoorzaam vindt.
Ik moet mijn goede wil wel tonen
Anders moet ik bij de nonnen wonen.

Zou Otto nu begrijpen dat ze niets voor hem kan doen?
Ja, hij knikt.

Plotseling komt er een ruiter aan galopperen. De man heeft vast een lange reis achter de rug, want hij ziet er bestoft en bezweet uit.

'Halt!' roept de man tegen Otto's vader. 'Ik heb voor allebei de ridders Hoen een brief van de landvoogdes.' Hij houdt ridder Johan een opgerold stuk perkament voor.

Otto's vader weigert de rol aan te nemen. 'Lees maar voor,' zegt hij ongeduldig.

De boodschapper knikt en rolt de brief open.

'Het bevalt mij helemaal niet dat twee ridders elkaar het leven zuur maken op zo'n mooi kasteel als dat van Hoensbroek. Daar moet zo spoedig mogelijk een einde aan komen. Daarom stuur ik zes scheidsmannen om de zaak met u te bespreken. Ik verzoek u beiden om de heren ridderlijk te ontvangen.
Maria van Hongarije, landvoogdes der Nederlanden.'

'Allemachtig,' zegt ridder Johan. 'Nu hebben we de poppen aan het dansen. De landvoogdes zal toch wel begrijpen dat ik gelijk heb?'

'Ik ga maar weer,' zegt de boodschapper. 'Woont ridder Nicolaas aan de andere kant? Voor hem heb ik net zo'n brief.'

'Dan wens ik je succes,' zegt ridder Johan.

Aleida wijst de man de ingang naar de zaal. Met een buiging verdwijnt de boodschapper door de deur. Ze ziet dat ridder Johan besluiteloos om zich heen kijkt.

Dan schudt hij zijn hoofd en zegt tegen Otto: 'Denk er nog eens goed over na. Als schildknaap bij de hertog ben je veel beter af. Hier op Hoensbroek hebben we alleen maar problemen. Zorg dat je uit de buurt blijft van de lakei. Ik ben bang dat mijn broer Nicolaas het echt meende van dat nachtje in de kerker. Zolang hij je niet ziet, kan er niets gebeuren.'

Aleida weet genoeg. Voorlopig gaat Otto nog niet weg. Snel holt ze de trap op om in de zaal te gaan kijken. Ze botst tegen de boodschapper op die alweer naar buiten komt. In de zaal treft ze haar vader in gesprek met de lakei.

'Maakt u zich maar geen zorgen, heer Nicolaas,' zegt Carl. 'Alles is in kannen en kruiken. U begrijpt wel wat ik bedoel.'

Aleida houdt haar adem in. Wat zal haar vader nu zeggen? Ze ziet dat ridder Nicolaas zijn lakei vragend aankijkt. 'Hoe bedoel je?'

'Ridder Nicolaas,' antwoordt de lakei met een knipoog, 'ik had u toch beloofd dat ik alles voor u zou regelen? Gaat u maar slapen. Het komt allemaal in orde.'

'Wil je nog iets voor me doen?'

'Tot uw dienst, heer.'

'Vrouwe Agnes zegt dat er zilverwerk is verdwenen. Een schaal en een paar kannen. Denk je dat die Otto daar iets mee te maken heeft?'

'Ongetwijfeld, heer Nicolaas.'

'Laat hem maar een paar dagen in de kerker zitten. Dat zal hem leren.'

'Tot uw dienst, heer. Wie zijn gat brandt, moet op de blaren zitten.'

'Ja, ga nu maar,' moppert ridder Nicolaas. 'Je doet goed je best. Alleen jammer dat je niet kunt koken.'

Scheidsmannen

Aleida slaapt slecht. De hele nacht denkt ze aan Otto. Haar vader zal hem toch niet echt hebben opgesloten? Ze had Otto de weg naar de geheime kamer moeten wijzen, daar had hij zich goed kunnen verstoppen. Daar is het nu vast te laat voor. Misschien zit Otto al een hele nacht achter slot en grendel.

Er is maar één manier om het zeker te weten. Ze moet de trap afdalen naar de kerker onder in de ronde toren. Maar het is griezelig donker.

Als er eindelijk een glimpje licht door de luiken valt, raapt Aleida haar moed bij elkaar. Ze kleedt zich aan en sluipt voetje voor voetje de keldertrap af. Nog een paar stappen en ze staat onder in de toren. Hoort ze geritsel? Het zullen toch geen ratten zijn?

'Aleida, ben jij het?'

Het is waar! Otto zit echt opgesloten in de kerker.

'Je laat me schrikken, oen!' zegt Aleida boos. 'Hoe wist je dat ik het was?'

'Ik heb al de hele nacht op je gewacht. Ik wist dat je me kwam helpen.'

'Helpen? Ik kom alleen maar kijken waar je bent.'

'Je laat me toch niet zitten? Jullie lakei heeft me te pakken gekregen. Ik hoop dat hij me snel komt vrijlaten.'

Aleida schudt haar hoofd. 'Daar zou ik niet op rekenen. Je wordt verdacht van diefstal. Voorlopig moet je hier blijven zitten.'

'Aleida, je moet me helpen. We zijn toch vrienden?'

'We zijn familie, Otto. Dat is iets anders. Bovendien ben ik een meisje. Meisjes zijn bang in het donker.'

'Aleida, alsjeblieft, help me. Volgens mij is die Carl de dief. Ik heb hem betrapt met een zilveren kandelaar.'

'Denk je dat hij het ridderzegel van je vader heeft gestolen?'

Otto haalt zijn schouders op. Tenminste, dat denkt Aleida, want Otto geeft geen antwoord.

'Goed,' zegt Aleida. 'Ik zal mijn best doen. Tot later.' Ze draait zich om en gaat de trap weer op.

'Zeg, Aleida...'

'Ja?'

'Zijn meisjes ook bang voor ratten? Ik zag er net één lopen.'

Rillend van angst holt Aleida naar boven, de trap op.

Plotseling hoort ze een deur slaan. Snel verstopt ze zich onder de trap. Net op tijd, want Carl stormt langs haar in de richting van de kelder. Ze hoort hem mopperend in de weer met houtblokken.

Dit is haar kans. De lakei is voorlopig wel even bezig met vuur maken. Snel het gangetje in waar de kamers van de bedienden zijn. De deur van Carls kamer staat op een kier. De lakeienjas hangt aan een haakje. Ze voelt in de zakken. Leeg!

Dan draait ze zich om. Op de tafel voor het raam staat een zilveren kandelaar. En naast die kandelaar ligt een sleutel. Aleida pakt de kandelaar en de sleutel van tafel. Nu kan er niets meer mis gaan. Of toch? Ze hoort voetstappen! Er is maar één uitweg: de keuken. Dat is verboden gebied, maar het kan niet anders. Als ze geluk heeft, komt ze niemand tegen. Ze sluipt zo stil mogelijk van de hal naar het voorhuis.

'Aleida, jij?' Plotseling staat ze oog in oog met haar oom.

'Oom Johan, ik kan het...' Maar Aleida krijgt niet de tijd om iets uit te leggen. De lakei zit haar op de hielen.

'Houd de dief!' roept Carl.

Aleida doet wat ze moet doen. Ze gooit de kandelaar voor de voeten van Carl op de grond. En weg is ze, de deur uit. Achter zich hoort ze een luide schreeuw. De kandelaar heeft zijn werk gedaan, ze ziet dat Carl op de grond ligt te spartelen.

Via de zuilengalerij bereikt ze hijgend de zijdeur. In de kelder treft ze haar vader.

Mopperend probeert hij het vuur in de haard aan te

krijgen. Zonder op te kijken zegt hij: 'Heb jij Carl gezien? Hij zou het vuur aanmaken. En ik heb hem ook gevraagd voor me naar het dorp te gaan. Nu je hier toch bent, loop jij maar even naar de bakker. Ik heb een paar hazenpasteien bij hem besteld.'

'Ja, vader,' zegt Aleida. Ze is blij dat hij verder geen vragen stelt.

'Neem de kruiwagen mee. Zoveel eten kun je vast niet dragen.'

'Ja, vader.'

Ze haast zich de trappen af. Ze wurmt de sleutel in het slot van het traliehek. Otto is vrij. Maar voor ze hem meeneemt, maakt ze eerst van stro een grote prop. Ze legt er Otto's jas overheen. Zo lijkt het of Otto gewoon ligt te slapen.

'Goed idee,' zegt Otto.

Samen sluipen ze de trap op.

'Wacht hier,' fluistert Aleida. Op een holletje gaat ze naar de schuur.

Ze komt terug met een kruiwagen waarop ze een jutezak heeft gelegd.

'Wat geweldig bedacht,' zegt Otto. Snel kruipt hij onder de zak.

Met Otto in de houten kar hobbelt Aleida het binnenplein over, de poort door en het voorplein over.

Otto kreunt: 'Au,' en: 'Oei.' Maar gelukkig is er niemand die hem hoort.

Pas als ze bij de eerste huisjes van het dorp zijn, trekt Aleida de zak weg.

'Je bent vrij.'

'Dank je,' zegt Otto. Maar erg blij kijkt hij er niet bij.

Aleida begrijpt het wel: hoe moet het nu verder? Otto is een vluchteling.

Zwijgend lopen ze naar de bakkerij. Aleida zet de kruiwagen voor de deur.

'We komen voor de bestelling,' zegt Aleida tegen de bakker.

De bakker loopt naar achteren en komt terug met twee manden vol brood en drie ovenschalen met pastei. 'Dat is dan drieëndertig gulden. Is het voor de keuken of voor de zaal?'

'Voor de zaal,' antwoordt Aleida. 'Wij hebben geen keuken meer. Het geld krijgt u later.'

Otto laadt de manden en de schalen op de kruiwagen.

'Die pastei ruikt lekker,' zegt hij.

'Haas,' zegt Aleida.

'Ja, dat weet ik. Eigenlijk zijn het mijn hazen.'

'Sorry.'

'Je kunt er niets aan doen.'

'Wat doen we nu?'

'Vluchten?'

Aleida schudt haar hoofd. Vluchten vindt ze geen goede oplossing.

Net buiten het dorp worden ze staande gehouden door een groep ruiters.

'Jongelui, kunnen jullie ons misschien helpen?' vraagt een van hen. 'We zijn op zoek naar twee kastelen. Het ene kasteel heet De Keuken. Het andere heeft de wonderlijke naam De Zaal.'

'Er bestaan geen kastelen die zo heten, meneer. Waarschijnlijk bedoelt u kasteel Hoensbroek,' zegt Aleida terwijl ze naar de torens in de verte wijst. 'Onze vaders hebben ruzie met elkaar. Otto woont met zijn familie in de keuken. Ik woon in de zaal. Onze families praten niet met elkaar.'

De deftige heren kijken elkaar glimlachend aan.

'Dan zijn we toch goed. Wij zijn gekomen om een einde aan deze toestand te maken. Dank jullie wel.'

De zes ruiters geven hun paarden de sporen.

'Dat zijn ze,' zegt Otto. 'Dat is ons bezoek. Het zijn scheidsmannen. Ze komen in opdracht van de landvoogdes.'

'Kom,' zegt Aleida. 'We gaan erachteraan. Dit is onze

kans om ongezien weer binnen te komen. Ik weet een goede plek waar je je kunt verstoppen.'

'Kunnen we niet beter op zoek gaan naar het ridderzegel?'

Aleida schudt haar hoofd. 'Eerst moet je een goede verstopplek hebben. Kom, we gaan.'

Achter de kruiwagen hollen ze het hele eind terug naar huis.

Hijgend komen ze aan op het binnenplein waar de zes paarden aan het hek staan vastgebonden. Van de scheidsmannen is geen spoor te bekennen.

'Waar zouden ze zitten?' vraagt Otto zich hardop af.

'In jullie keuken?'

'Misschien in jullie zaal?'

Aleida knikt. 'Wat nu? We moeten weten hoe het afloopt.'

'Wie ze het eerst gevonden heeft,' zegt Otto. En weg is hij.

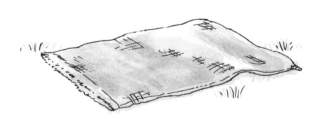

Het doorgeefluik

Aleida loopt van de eetkamer naar de zaal. De zaal is leeg. Ze loopt de grote trap op. Boven is geen mens te zien. Dit is haar kans! Ze loopt snel naar de kamer van de lakei en legt de sleutel terug.

Zachtjes sluipt Aleida terug door het gangetje langs de kamers van de bedienden. Doodse stilte. Ze gaat naar de kelder. Ook daar is niemand. Dan maar terug het binnenplein op. Zuilengalerij, kapel, verder mag ze niet gaan. Ze kijkt naar de zijdeur. Daarachter ligt een gang die uitkomt in het kleine salet; het zijkamertje naast de keuken. Ze doet voorzichtig de deur open en sluipt door de gang. Het is donker, maar ze kent de weg.

Plotseling blijft ze staan. Ze hoort stemmen. Haar vader voert de boventoon: 'Dit is mijn kasteel. Mijn broer heeft hier niets te zoeken.'

Een paar stappen nog, en Aleida staat in het kleine salet. 'Au!' Ze botst tegen iemand op.

Het is Otto.

'Alleen jouw vader praat hard genoeg om hem te kunnen verstaan,' zegt hij.

'Wacht,' zegt Aleida. 'We gebruiken het doorgeefluik.' Ze loopt naar de muur en doet een luik open. Ze steekt haar hoofd naar binnen en duwt zacht tegen het luik aan de andere kant van de muur. Nu kunnen ze alles horen wat er achter het luik wordt besproken.

'De landvoogdes is dit gedoe spuugzat,' horen ze.

'Ik stel het zeer op prijs dat u ons komt helpen. Het is van groot belang dat er zo snel mogelijk duidelijkheid komt.' Dat moet Otto's vader zijn.

'Ik stel het ook zeer op prijs,' zegt Aleida's vader. 'Maar u komt voor niets. Het is een zaak van onze familie. We lossen dit samen wel op. En zoals u weet, heeft de oudste broer de oudste rechten.'

Otto geeft Aleida een por in haar zij en fluistert: 'Wat is die vader van jou gemeen.'

Aleida wil protesteren. Maar dat valt niet mee, met haar hoofd in het doorgeefluik.

In de keuken klinken voetstappen. 'Ik heb recht op de helft van het kasteel. Waarom moeten mijn kinderen opgroeien in een krot in Maastricht, terwijl de kinderen van mijn broer baden in weelde? Nicolaas weet drommels goed dat hij het kasteel met mij moet delen omdat hij met de rijke vrouwe Agnes is getrouwd.'

Even valt er een stilte. Er worden bekers bijgevuld. Er worden schalen op tafel gezet. Dat moet Anna zijn, die de scheidsmannen op hun wenken bedient met hazenpastei, brood, kaas, bier en wijn.

Aleida kijkt Otto aan. Ze zou graag tegen hem willen zeggen: *Sorry hoor, maar ik kan er ook niets aan doen dat mijn vader zo onaardig doet.* Maar ze kan zich beter stil houden, en dus haalt ze haar schouders op en haar wenkbrauwen.

Otto gebaart dat hij haar niet begrijpt. Per ongeluk stoot hij met zijn hand tegen het luik dat langzaam openzwaait.

'Wat krijgen we nou?' roept ridder Nicolaas uit.

Snel duwt Aleida Otto achteruit. Ze hoopt maar dat niemand hem gezien heeft.

'Kleine potjes hebben grote oren!' zegt ridder Johan.

'Wat zei ik? Aleida, wegwezen!' roept ridder Nicolaas.

Snel gooit Aleida het luik dicht.

Mopperend krabbelt Otto overeind en slaat het stof van zijn kleren. 'Waarom deed je dat nou?'

'Ik moest wel,' antwoordt Aleida. 'Ze mochten jou niet zien.'

Buiten, onder de zuilengalerij, bespreken ze de toestand.

In de zaal horen ze ridder Nicolaas roepen: 'Johan, laat mijn vrouw erbuiten! Zij heeft er niets mee te maken. Wat kan ik eraan doen dat zij uit een rijke familie komt? Dan had je zelf ook maar met een rijke jonkvrouw moeten trouwen als je zo graag op een kasteel wilde wonen.'

'Otto, je moet je verstoppen,' zegt Aleida. 'Ik weet een goede plek. In de muur van de grote toren zit een geheime trap. Die trap komt uit in een geheim kamertje.'

Plotseling gaat de deur van het voorhuis open en komt het hele gezelschap naar buiten.

'Otto, de waterput,' zegt Aleida.

Otto klimt zo snel hij kan over de rand en laat zich aan het touw naar beneden zakken. Net op tijd. Aleida probeert zo onnozel mogelijk naar de lucht te kijken. Gelukkig kijkt niemand naar haar om. Met rode konen van opwinding lopen de scheidsmannen, ridders en jonkvrouwen naar de slotbrug.

Aan de andere kant van het hek komen ze het plein weer op en gaan de zaal binnen.

'Ik zie niets-iets-iets,' klinkt het uit de put.

'Blijf zitten waar je zit,' zegt Aleida. 'Carl komt eraan.'

De lakei komt naar Aleida toe. 'Wat voer je in je schild?'

'Ik heb niet eens een schild,' zegt Aleida. 'Van mijn vader mag ik mij nergens mee bemoeien.'

'Gelijk heeft hij,' zegt Carl. En hij loopt het trapje op naar de zaal.

Aleida buigt zich voorover en roept: 'Ligt daar misschien het zegel-egel-egel?'

'Alleen modder-odder-odder,' hoort ze.

'Kom dan maar weer naar boven-oven-oven.'

'Au-au-au!'

'Wat is er, Otto-o-o?'

'Ik struikel over de troep-oep-oep.'

Op hetzelfde moment voelt Aleida een ruk aan het touw. Ze zet zich schrap. Even later komt het hoofd van Otto boven de put uit. Hij hijst zich over de rand.

Achter haar klinken voetstappen op het plein. Voor Aleida zich kan omdraaien hoort ze de stem van haar zusje Barbara: 'Wat doen jullie daar?'

Achter Barbara verschijnen ook de nieuwsgierige gezichten van Otto's zusjes Marie en Aleid.

Terwijl Otto uit de put klimt, kijkt Aleida haar zusje streng aan en zegt: 'Barbara, je moet niets tegen papa en mama vertellen. Afgesproken?'

'Mag ik dan een keer op jouw pony?'

'Ja, je mag op Prinses. En als je je mond houdt over Otto, zal ik niet verklappen dat jij stiekem met Marie en Aleid speelt.'

Barbara knikt. 'Zullen we verstoppertje doen?' vraagt ze aan Otto's zusjes. Joelend rennen ze over het binnenplein op zoek naar goede plekjes.

'Jij moet je ook verstoppen, Otto,' zegt Aleida. 'Kom!'

Ze gaat Otto voor naar het voorhuis. Daar aangekomen pakt ze zijn hand. Samen sluipen ze door het zijkamertje naar de kamer in de grote toren. Maar voor ze de grote toren binnengaan, wijst ze Otto op een klein deurtje.

'Hier is het,' zegt ze.

'Je wil me toch niet in een kast verstoppen?'

Met een geheimzinnig lachje doet Aleida het deurtje open. 'Snel,' fluistert ze, 'ik hoor stemmen. Blijf zitten waar je zit. Als het lukt, breng ik je wel iets te eten. Kijk uit voor je hoofd!'

Als ze de deur achter Otto sluit hoort ze een luide bons.

'Au, mijn hoofd!' klinkt het boos.

Lachend sluipt Aleida door de gang terug naar de galerij. Ze is er net op tijd om te zien dat de scheidsmannen weer vertrekken.

'De landvoogdes zal hier niet blij mee zijn,' zegt de oudste van het stel. 'Een ridder moet het goede voorbeeld geven. Twee ridders op een kasteel, dat is er één te veel.'

De zes mannen hijsen zich in het zadel en vertrekken door de poort.

'Was je ons aan het afluisteren?' Het boze gezicht van Aleida's moeder verschijnt in de deuropening.

'Ik zal het nooit meer doen, mama,' zegt Aleida. Ze glipt langs haar moeder naar de zaal. Daar gaat ze braaf verder aan haar borduurwerk. Steek voor steek borduurt ze het oog van een pauwenveer: groen, blauw, paars.

Beneden klinkt gebons op de deur. Als ze uit het raam kijkt, ziet ze haar vader naar buiten gaan. Daar staan ze: de twee ruziënde ridders. Ridder Nicolaas geeft ridder Johan een brief. Ridder Johan maakt een gebaar dat Aleida niet begrijpt: hij steekt zijn middelvinger op.

Even later stampt Aleida's vader de zaal in. 'Agnes!' roept hij kwaad. 'Moet je nu eens horen. Mijn broer wil niet betalen! Het brood en die hazenpastei heeft me 33 gulden gekost. Ik wil dat hij daar de helft van betaalt.'

'Wat ga je nu doen?'

Aleida wacht het antwoord niet af. Ze maakt zich stilletjes uit de voeten.

Een vreemd gebaar

Het opsteken van de middelvinger is een gebaar dat in de vroege middeleeuwen is ontstaan. Boogschutters zijn ermee begonnen. Dat zat zo.

Een boogschutter spant de pees van de boog met de sterkste vinger van zijn rechterhand: de middelste vinger. Als een boogschutter in handen van de vijand viel, werd hij vaak gestraft. Voor straf werd zijn middelvinger afgehakt. Daarna werd hij vrijgelaten. Zonder middelvinger kon hij nooit meer zo goed schieten als voorheen.

Wat deden boogschutters als ze tegenover elkaar stonden op het slagveld? Om elkaar te pesten staken ze de middelvinger naar elkaar op. 'Kijk, ik heb hem lekker nog!'

De geheime kamer

De volgende dag lijkt een heel gewone dag. De bakker komt langs met een stapel broodborden en een kersentaart. Aleida brengt stiekem een flink stuk taart naar de geheime kamer. Otto is er niet. Hij is zeker op zoek naar het zegel.

Halverwege de middag ziet ze plotseling dat er iets geels voor het open raam van de hal wappert. Een sein! Ze moet iets doen, maar wat ook al weer? O ja, ze moet iets doen om aandacht te trekken. Op een holletje loopt ze het binnenplein op, klimt over het hek en klopt op de voordeur. Otto's moeder doet zelf open. Snel verzint Aleida een smoes. 'Tante Maria, kunt u misschien een pondje boter missen?'

Even knippert Aleida's tante verbaasd met haar ogen, dan zegt ze: 'Maar natuurlijk, mijn kind. Ik zal het even pakken. Het is voor je ouders zeker heel vervelend, zo zonder keuken? Ik ben zo terug.'

'Wie is daar?' Otto's vader komt een kijkje nemen.

'Laat maar, Johan.' Vrouwe Maria heeft een kom met boter in haar handen. 'Het is ons nichtje Aleida. Eindelijk is er iemand die aardig tegen ons doet. Weet je misschien hoe het met Otto gaat, die arme jongen?'

Terwijl Aleida de kom aanneemt, ziet ze dat Otto de trap komt aflopen. Hij schudt zijn hoofd. Heeft Aleida hem verkeerd begrepen? Hij had toch hulp nodig?

'Ik zal een goed woordje voor hem doen, tante Maria,'
zegt Aleida. En weg is ze.

Terug achter het raam van de zaal kijkt Aleida nog eens
goed naar de overkant. Ze ziet de zwaaiende hand van
Otto. Hij haalt de gele doek weg en hangt er een rode
voor in de plaats. Otto heeft hulp nodig! Maar ook het
rood verdwijnt en maakt plaats voor blauw. Heeft hij een
briefje geschreven? Waarom blijft hij niet even veilig in
de geheime kamer zitten?
    Voor de zekerheid loopt Aleida het plein op om in de
wijnpers te kijken. Ze vindt al snel een opgerolde brief.

Beste Aleida,

Dom van mij, maar ik was helemaal vergeten je te vertellen dat ik op de bodem van de put allerlei rare dingen voelde. Ik weet het niet zeker, maar volgens mij liggen er stukken van een harnas in de modder. En ook een zwaard en een schild. Zou Carl de put gebruiken als zijn geheime verstopplek?

Kun je mijn ouders vertellen dat ik het goed maak? Ze maken zich erg ongerust.

Otto

'Ridder Nicolaas!'

'Wat is er nu weer, ridder Johan?'

Aleida kijkt op van het briefje. Aan beide kanten van het binnenplein hangt een ridder uit het raam.

'Ik wil dat je mijn zoon onmiddellijk vrijlaat!'

'Maak je niet zo druk, man. Die jongen heeft het prima naar zijn zin bij ons.'

'Naar zijn zin? Je hebt hem opgesloten in de kerker. Dat heeft nu al veel te lang geduurd.'

'Ik ben zojuist nog even gaan kijken. Hij slaapt als een os. Morgen zit zijn straf erop.'

Aleida weet genoeg. Otto moet nog één nacht in de geheime kamer doorbrengen.

De geheime kamer

Op kasteel Hoensbroek is echt een geheime kamer te vinden.
In de metersdikke muur van de grote toren zijn traptreden
uitgehakt. Het trappetje leidt naar een piepklein kamertje
boven de spoelkeuken.

Lang geleden mocht een vluchteling zich verschuilen in de
geheime kamer. De vijand die hem kwam zoeken, zei tegen de
heer van Hoensbroek: 'Doe alle kaarsen, fakkels en vuren uit.'
Daarna liep de vijand een rondje om het kasteel. Achter een
van de ramen brandde een kaars. Dat moest de geheime
schuilplaats zijn. Maar hoe de vijand ook zocht, de
vluchteling werd nooit gevonden.

De riddereed

Een dag later verschijnt er een man met een bekend gezicht op het binnenplein. Het is de boodschapper.

'Hoog bezoek!' Zijn stem echoot tegen de muren. 'Maakt u allen gereed om de landvoogdes te ontvangen in de kapel.'

De boodschapper wordt op de voet gevolgd door een stoet paleiswachten en hofdames.

Heel Aleida's familie drukt zich tegen de ramen om niets te missen van het schouwspel. Wat Aleida het meest verbaast is dat de paleiswachten precies dezelfde kleren dragen als Carl, hun eigen lakei.

'Aleida, help me eens,' zegt vrouwe Agnes. 'Ik moet me omkleden. En kijk eens naar jezelf. Doe ook een nette jurk aan.'

Terwijl Aleida haar moeder helpt en daarna zelf een lange jurk aandoet, gluurt ze af en toe door het raam.

'Kijk eens, mama,' zegt Aleida.

Midden op het plein stopt een koets met zes paarden ervoor. Een lakei doet het deurtje open en een vrouw in een glanzend zwarte mantel stapt uit.

'Is dat de landvoogdes?' vraagt Aleida.

'Dat is Maria van Hongarije. Ze is de zus van de keizer. Hij heeft haar gevraagd op de Nederlanden te passen,' zegt haar moeder. 'Kom, Aleida, we moeten opschieten. Let goed op Barbara. Zorg ervoor dat ze geen rare dingen doet.'

Als ridder Nicolaas even later met zijn hele gezin het binnenplein op schrijdt, gaan ook de deuren aan de overkant open. Daar komen ridder Johan, vrouwe Maria en de twee meisjes naar buiten. Zonder elkaar aan te kijken, wandelen de twee families de kapel binnen.

Daar zit de landvoogdes.

De ridders knielen. De dames maken een kniksje. Ook Aleida maakt een beleefde buiging. Niemand durft iets te zeggen.

Met een hoofdknik gebaart de landvoogdes dat ze mogen gaan zitten.

'Zijn alle kasteelbewoners aanwezig?' wil de landvoogdes weten.

Omdat niemand haar antwoord geeft, zegt Aleida zacht: 'We missen alleen mijn neef Otto nog, de zoon van ridder Johan.'

'En waar is die jongen als ik vragen mag? Heeft hij zich soms voor mij verstopt?'

De twee ridders kijken elkaar aan. Maar het is de kleine Barbara die antwoord geeft: 'Otto zit in de put.'

'Haal hem daar dan onmiddellijk uit,' gebiedt de landvoogdes.

Aleida's vader staat op. 'Vergeeft u de brutaliteit van mijn dochters, mevrouw. Ik zal de lakei opdracht geven Otto te gaan halen.'

'Roep uw lakei,' reageert de landvoogdes bits. 'En vraag hem meteen uw ridderzegels mee te brengen.'

Even later komt ridder Nicolaas terug met Carl. De lakei draagt een fluwelen kussentje voor zich uit waarop maar één ridderzegel ligt. Dat van Aleida's vader.

'Wat merkwaardig om jou hier aan te treffen, Carl,' zegt de landvoogdes. 'Heb je het naar je zin als lakei, met zo'n mooi uniform?'

'Jawel mevrouw,' antwoordt de lakei. 'Ridder Nicolaas weet mijn diensten op waarde te schatten. Helaas is hij in grote moeilijkheden geraakt sinds vreemde indringers bezit hebben genomen van zijn kasteel.'

Geërgerd staat de landvoogdes op van haar stoel. 'Heb ik je om je mening gevraagd? Vertel me liever waarom je het zegel van de andere ridder Hoen niet hebt meegenomen.'

'Dat kan ik u niet laten zien, hoogedele vorstin, omdat de andere ridder Hoen geen ridder is. Hij heeft geen zegel.'

Aleida buigt zich naar haar vader. Ze fluistert: 'Ik vind het niet eerlijk, vader. Waarom heb je Carl opdracht gegeven om het zegel van Otto's vader te stelen?'

'Hoe kom je daar nou bij?' fluistert haar vader terug. En dan hardop tegen de lakei: 'Volgens mijn dochter Aleida ben je een dief. Spreek de waarheid.'

'Ik weet van niets,' zegt Carl met een strak gezicht. 'Ridder Johan en zijn zoon Otto zijn niet te vertrouwen.

'Ik heb zojuist ontdekt dat Otto is verdwenen. Heeft hij soms iets te verbergen?'

'Hoe durf je over vertrouwen te praten, zogenaamde lakei,' bijt de landvoogdes Carl toe. Dan kijkt ze om beurten de gebroeders Hoen aan en zegt: 'Nu moet u me toch eens uitleggen hoe u aan deze lakei gekomen bent.'

'Op een dag kwam hij aanlopen,' vertelt Aleida's vader. 'Hij zag er keurig uit. Het leek me een zeer betrouwbare dienaar. Carl is een beste man.'

'Betrouwbaar?' roept de landvoogdes uit. 'Deze man was vroeger een van mijn staljongens. Op een dag werd hij betrapt op diefstal. Drie gouden kandelaars waren verdwenen. Ze werden teruggevonden onder Carls bed. Voor ik hem kon straffen, was hij verdwenen. Na een poosje ontdekten we dat hij nog iets had gestolen: het uniform van een lakei!

Genoeg daarover. Nog veel erger vind ik het dat twee ridders al hun hele leven ruzie met elkaar maken. Jullie zijn een schande voor de adel. Als ridder Johan geen zegel heeft, moet hij maar vertrekken. Ik ben gekomen om knopen door te hakken. Als jullie geen vrede sluiten, zet ik jullie op een schip naar een onbewoond eiland. U mag me trouwens wel eens iets te drinken aanbieden. Over een kwartier moet ik gaan. Ik heb nog meer kastelen te bezoeken.'

Aleida stoot haar vader aan: 'Zal ik Anna waarschuwen?' Snel glipt ze de kapel uit. Maar in plaats van de meid te roepen, loopt ze door het gangetje naar de kleine zaal. Ze opent de deur van de geheime kamer en roept: 'Otto, kom. Je moet me helpen.'

Er komt geen reactie. Aleida gaat het trappetje op en treft Otto diep in slaap. Ze schudt hem ruw wakker. 'Slaapkop,' moppert ze. 'Nu krijgt Carl toch nog gelijk. Terwijl wij alle problemen oplossen, lig jij gewoon te slapen.'

'Wat?' Meteen zit Otto rechtovereind.

'De landvoogdes is er,' legt Aleida uit. 'Als we het zegel niet snel vinden, gaat ze weg.'

'Wat moet ik dan doen?'

'De put in, natuurlijk. Je schreef toch dat er in de modder waardevolle spullen lagen?'

'Wil je me nu alweer in de put hebben?'

'Er zit niets anders op,' zegt Aleida. 'Als we het zegel niet vinden, is alles voor niets geweest.'

Met tegenzin laat Otto zich over de rand van de put zakken.

Na een poosje voelt Aleida een ruk aan het touw.

'Ophalen-alen-alen,' hoort ze.

In de emmer die omhoogkomt, zit een bemodderd zwaard en een verroeste helm. Ze legt de spullen op de grond en laat de emmer weer zakken.

'Goud-oud-oud,' klinkt het even later.

Aleida haalt weer op en ontdekt in de emmer een kandelaar en een gouden ketting die haar moeder al een tijd kwijt was.

Dan verschijnt het gezicht van Otto weer boven de
rand van de put. 'Dat was alles,' zegt hij. 'Ik geef het op.'

'Wat nu?' vraagt Aleida zich hardop af.

'Mijn ouders zullen wel teruggaan naar ons huisje in
Maastricht.'

Aleida knikt. 'Ik heb geen idee waar Carl het zegel verstopt kan hebben.'

Vlak voor hun neus gaat de deur van de kapel open. De
lakei verschijnt in de deuropening.

Woedend kijkt hij van Aleida naar Otto en naar de
spullen op de grond.

66

'Geef het maar op,' zegt hij grimmig. 'De landvoogdes staat op het punt om weg te gaan.'

Met grote passen beent Carl door de poort naar buiten.

Otto kijkt naar Aleida.

Aleida kijkt naar Otto.

Otto knijpt zijn ogen samen. 'De kapel,' zegt hij.

Aleida knijpt in Otto's arm. 'Daar hebben we niet gezocht!'

Ze springen op en wringen zich langs hun familie en de dienaren naar binnen. Daar staat de landvoogdes, in haar zwarte jurk.

'Ik moet gaan,' zegt ze.

'Geeft u ons nog één kans,' smeekt Aleida.

Otto knielt tussen de banken. De landvoogdes schrijdt de kapel uit. Aleida laat haar blik langs de muren glijden.

Langzaam gaat de kapeldeur achter hen dicht.

Aleida kijkt naar Otto. Hij klimt op het altaar.

Plotseling weet Aleida het. 'Het zit in kannen en krui-ken!' roept ze uit. Otto kiept alle schalen, kannen, bekers en kruiken om. Uit de buik van de laatste kruik klinkt een rammelend geluid. Zonder te aarzelen slaat Otto de kruik kapot. Het ridderzegel valt op de grond. Aleida raapt het op en rent ermee naar buiten.

Daar is de verbazing groot. Aleida's ouders zijn te ver-baasd om iets te kunnen zeggen.

'Ongelofelijk,' zegt de landvoogdes.

Ridder Johan uit een juichkreet: 'Zien jullie nu wel dat ik een echte ridder ben?'

'Dat had je gedacht,' zegt de landvoogdes. 'Ik neem jul-lie zegels in beslag.'

'Maar...'

'U bedoelt...'

Meer weten de twee vaders niet uit te brengen.

'En nog iets,' gaat de landvoogdes verder, 'ook het kasteel neem ik jullie af.'

'Dat kan niet...'

'Meent u echt...?'

'Ja,' zegt de landvoogdes, 'dat meen ik echt. Tenzij u allebei bereid bent om opnieuw de riddereed af te leggen.'

De twee ridders kijken elkaar aan.

'Als het niet anders kan...'

'Zegt u maar wat we moeten beloven.'

De landvoogdes knipt in haar vingers. Een hofdame overhandigt haar een rol perkament. Een lakei geeft haar een zwaard. Op plechtige toon begint de landvoogdes voor te lezen.

Ik zweer dat ik alle wetten van de kerk zal naleven.

Ik zweer dat ik de zwakken zal beschermen tegen gevaren.

Ik zweer dat ik vrijgevig zal zijn.

Ik zweer dat ik mijn geboortegrond zal liefhebben.

Ik zweer dat ik nooit voor een vijand zal vluchten.

Ik zweer dat ik al mijn plichten tegenover mijn vorst zal nakomen.

Ik zweer dat ik nooit zal liegen.

Ik zweer dat ik altijd voor het recht zal strijden en zal vechten tegen onrecht.

Dan kijkt de landvoogdes de vader van Otto langdurig

aan en zegt: 'Johan Hoen, wilt u met uw hand op uw hart zweren dat u alles zult doen om deze eed na te leven? En belooft u tevens dat u in vrede zult leven met uw broer Nicolaas en zijn familie?'

Otto's vader knielt en zegt ontroerd: 'Dat zweer ik.'

De landvoogdes tikt hem voorzichtig met de punt van het zwaard op de beide schouders.

Met een schuin oog kijkt Aleida naar haar vader. Nu is hij aan de beurt.

'Nicolaas Hoen,' zegt de landvoogdes, 'wilt u met uw hand op uw hart zweren dat u alles zult doen om deze eed na te leven? En belooft u tevens dat u in vrede zult leven met uw broer Johan en zijn familie?'

Het duurt Aleida veel te lang, maar dan knielt haar vader eindelijk neer en zegt met een zucht: 'Dat zweer ik.'

Hij is nog niet uitgesproken, of de landvoogdes geeft hem ervanlangs met het zwaard. Op allebei zijn schouders krijgt ridder Nicolaas een flinke tik. Dan knipt ze weer in haar vingers en zegt: 'Carl, haal een kandelaar en rode lak. De ridders Hoen moeten allebei hun zegel zetten onder de riddereed.'

Er gebeurt niets. De mensen in de kapel kijken zoekend om zich heen. Het wordt snel duidelijk: lakei Carl Gustav von Reinhard heeft de benen genomen.

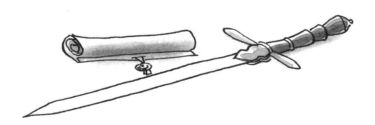

Op de goede afloop

Daar staan ze, de twee broers: klaar om te zwaaien. De landvoogdes zit in haar koets. Ze doet het raampje open en wuift met haar hand. 'En vergeet niet om vandaag nog dat belachelijke hek af te breken,' zegt ze.

De twee ridders knikken: 'Ja, uwe hoogheid! Tot ziens, edele vrouwe.'

Aleida en Otto slaken een zucht van verlichting. Eindelijk is er een eind gekomen aan de familieruzie. Ze mogen weer met elkaar praten. Ze hebben alle tijd om te spelen, te ravotten en paard te rijden in de bossen.

'Eerst het hek,' zegt vader Nicolaas.

'Aan de slag,' zegt vader Johan.

Samen wrikken Aleida en Otto de palen uit de grond.

'Gooi het hout maar in mijn open haard,' zegt ridder Johan.'

'Waarom in die van jou, als ik vragen mag?' zegt ridder Nicolaas.

Aleida en Otto verdelen het hout eerlijk over de haarden.

Uitgeput rusten ze uit op het randje van de waterput.

'Wat een avontuur was dat,' zegt Otto. 'Die lakei van jullie dacht natuurlijk dat hij zelf ridder kon worden. Alsof een ridderzegel alleen genoeg is.'

'Ja,' zegt Aleida. 'Maar dat is mooi mislukt. Je vader heeft zijn ridderzegel weer terug.'

'Nooit meer ruzie,' zegt Otto.

'Kasteel Hoensbroek is groot genoeg voor ons allemaal,' zegt Aleida.

'Ik was even bang dat mijn ouders mij naar het kasteel van de hertog zouden sturen. Meisjes hebben het maar makkelijk.'

'Vind je? Sommige ouders sturen hun dochters voor straf naar een klooster.'

'Dat nooit.'

De twee ridders komen kijken.

Ridder Nicolaas schudt zijn hoofd: 'Wat een puinhoop. Ik wil dat het plein opnieuw bestraat wordt.'

'Ik ben het helemaal met je eens,' zegt Otto's vader. 'Maar wie moet dat betalen?'

'Jij natuurlijk. Jij bent begonnen met dat hek.'

'Hoe kom je erbij. Dit is net zo goed jouw kasteel.'

'Dat hek was anders wel van jou. Zo zijn de regels.'

Aleida en Otto kijken elkaar aan. Begint het gedoe nu weer van voren af aan?

Dan verschijnt het hoofd van vrouwe Agnes voor het open raam van de zaal. 'Waar is Anna? Ik wil dat ze me uit mijn jurk komt helpen!'

Aan de overkant gaat ook een raam open. Daar is vrouwe Maria. 'Godart, ik wil dat je vuur komt maken. Anna heeft het druk. Ze moet onze bedden opschudden! Otto, kun jij samen met Aleida op de meisjes passen?'

'Ridder Nicolaas! Ridder Johan!' roept de poortwachter. 'Er komt een boer aan met een kar vol hooi. Zal ik de poort dichtgooien of willen jullie hem ontvangen?'

'Laat maar komen,' zegt ridder Nicolaas. 'Het gewone

leven is weer begonnen. Nu missen we alleen nog de lakei.'

'De lakei?' zegt Godart verbaasd. 'Daar zou ik maar niet te veel op rekenen. Ik zag hem vertrekken. Hij zat op uw paard. Hij had uw harnas aan en hij droeg uw zwaard.'

Aleida's vader is woedend. 'Hoe durft hij, de bedrieger, de zwendelaar, de neplakei, de paardendief, de...'

Aleida en Otto wandelen samen de slotbrug over.

'Zou je toch niet liever in een klooster willen wonen?' vraagt Otto lachend. 'Lekker rustig.'

'Nee hoor,' antwoordt Aleida 'Ik vind het wel gezellig, die drukte.'

Otto wijst in de verte, naar de heuvels. 'Weet je wat ik grappig vind?'

Aleida schudt haar hoofd. Ze heeft geen idee wat er grappig is aan de Limburgse heuvels. 'Nou?'

'Daar ergens in de verte, op de heuvels en in de dalen, zwerft een nepridder. Zijn naam is Carl Gustav von Reinhard. Nu is hij de ridder zonder kasteel.'

Dan klinken er kinderstemmen. 'Otto, Aleida, zullen we riddertje en jonkvrouwtje spelen?'

Otto en Aleida kijken om.

'De kleintjes roepen ons,' zegt Aleida.

'Ja, we zijn de klos,' zegt Otto lachend. 'Ben jij de jonkvrouw?'

Aleida geeft Otto een duw. 'Ja, ridder Otto. Maar heb je wel een kasteel?'

Over dit boek

Bij het schrijven van een verhaal gebruiken schrijvers hun fantasie. Maar heel veel fantasie was er voor het schrijven van dit boek niet nodig. Hier is het bewijs: dit lijstje laat zien wat er allemaal echt is gebeurd op kasteel Hoensbroek.

– Ridder Johan haalde zijn vader over om in zijn testament te schrijven dat Johan de helft van het kasteel kreeg als zijn broer Nicolaas met een rijke vrouw trouwde.

– Er werden lijsten gemaakt: een lijst van alles wat er bij de Zaal hoorde en een lijst van alles wat er bij de Keuken hoorde.

– Er werd een paard-en-wagen in beslag genomen.

– Er werden hekken neergezet op het binnenplein.

– Ridder Hoen werd schout van Maastricht.

– Een zoon van ridder Johan werd beschuldigd van jagen zonder toestemming.

– De bakker bezorgde een hazenpastei. Ridder Johan weigerde te betalen.

– Er waren problemen met de poortwachter: wie moest hem betalen?

– De ridders maakten ruzie over de bestrating van het binnenplein.

– Zes scheidsmannen vroegen iedereen die ze tegenkwamen: 'Weet u ook waar we kasteel De Keuken kunnen vinden?'

– De scheidsmannen probeerden de ridders te dwingen om de ruzie bij te leggen.

– De landvoogdes Maria van Hongarije bemoeide zich met de familieruzie. Maar zonder veel succes.

Ik moet daarbij wel iets bekennen: in de tijd van Aleida en Otto was Filips de Goede landvoogd. Maria van Hongarije was de zus van keizer Karel V. Ze leefde veel later. Dat heb ik trouwens met meer gebeurtenissen gedaan: ik heb ze een beetje aangepast aan het verhaal.

Hoe het verder ging:

Aleida

Na de dood van Aleida's vader ridder Nicolaas III erfde Aleida's oudste broer Nicolaas IV de helft van het kasteel (de zaal en alles wat daarbij hoorde). Aleida trouwde met een aardige jongen van adel.

Aleida ligt begraven op het kerkhof Oud-Valkenburg. Het wapen van Hoensbroek is in de steen uitgebeiteld.

Otto

Na de dood van Otto's vader ridder Johan erfde Otto's oudste broer Roelman de andere helft van het kasteel (de keuken en alles wat daarbij hoorde). Otto werd kanunnik (monnik) in het klooster Sint Servaas in Maastricht.

Het kasteel

Nog jarenlang bleef kasteel Hoensbroek verdeeld in twee helften: de zaal en de keuken. Tot in het jaar 1612 toen ridder Ulrich Hoen, die in de keuken opgroeide, genoeg geld had om de zaal erbij te kopen. Vanaf die tijd woonde er op kasteel Hoensbroek weer één ridder. Gelukkig maar, want als er iets is wat je kunt leren van dit verhaal dan is het wel dit:

Twee ridders op een kasteel,
dat is er één te veel.

Misschien ben je het daar wel helemaal niet mee eens. Dan bedenk ik speciaal voor jou een nieuwe spreuk:

Alle ridders zouden hun kastelen,
eerlijk moeten verdelen.

Kasteel Hoensbroek

Het kasteel waar de vaders van Aleida en Otto zo'n ruzie over maakten, bestaat nog steeds. Het is een van de grootste en mooiste kastelen van ons land. Je kunt er het hele jaar door naartoe om zelf te ontdekken wat er allemaal op een kasteel in de middeleeuwen gebeurde.

Doe mee met de speurtocht door het kasteel en ontdek of je net zo dapper als Aleida bent. Durf jij de griezelkelder in? En kun je de geheime kamer waar Otto zich verstopte vinden?

Kasteel Hoensbroek   www.kasteelhoensbroek.nl
Klinkertstraat 118   www.arendvandam.nl
6433 PB Hoensbroek

Beleef het zelf

Wil je niet alleen lezen over hoe het vroeger was? Maar ook zelf rondkijken in een kasteel of een fort?

De Beleef-het-zelf boeken zijn gebaseerd op ware gebeurtenissen. De plek waar het verhaal speelt, bestaat nog. Je kunt ernaartoe! Een museum, een kasteel, een hunebed...

Ga naar een riddertoernooi, speur door een vestingstad of verdedig je kasteel tegen de naderende vijand... Je kunt op sommige kastelen zelfs je verjaardag vieren. Helemaal in stijl gekleed natuurlijk!
Als schildknaap of jonkvrouw.

Beleef het zelf!

Ridderfeest op het Muiderslot

Samen met haar vader Berend woont Froukje op het Muiderslot. Ridder Berend zoekt een page die hij kan opleiden tot schildknaap. Hij denkt aan Diederik, de zoon van een graaf. Maar Froukje is het er niet mee eens. Waarom krijgt alleen die verwende Diederik een kans, en niet Roeland, de zoon van de speelman? Of de jongens uit het dorp?
Ze haalt haar vader over om een ridderfeest te organiseren.
Een groot feest met een wedstrijd boogschieten, een valkenjacht en een moeilijke opdracht: wie redt het snelst een jonkvrouw uit de torenkamer? De winnaar wordt misschien wel de nieuwe page!

ISBN 978 90 258 5107 1

Onder Vuur

Bregje is vastbesloten haar vader te redden. Het is oorlog tussen Nederland en Spanje, en Bregjes vader is in dienst bij de Spanjaarden! Hij zit in Groenlo, een oud vestingstadje, samen met het Spaanse leger. Hoe krijgt Bregje hem er veilig uit? En wil hij er wel uit? Gelukkig ontmoet ze Harmen, een boerenzoon die alle sluippaadjes rond de stad precies kent. Samen gaan ze op zoek naar Bregjes vader – terwijl de kogels hen om de oren vliegen.

Bregje heeft echt bestaan. Ze was een kleine held in de Tachtigjarige oorlog.

ISBN 978 90 258 4914 6

Schildknaap op het Muiderslot

Op 15 juni 1296 komt Witte van Heusden aan op het Muiderslot, het kasteel van Floris de Vijfde.

Hij verwacht er schildknaap te worden van de slotvoogd. Maar tot zijn teleurstelling wordt het vooral hard werken: hij is het knechtje van iedereen. Een jongen die zijn vader niet kent is een bastaard. En wat heeft een bastaard voor toekomst?

Dan wordt Graaf Floris op een dag gevangengezet binnen zijn eigen muren. Hoe kan Witte hem helpen?

ISBN 978 90 258 4459 2

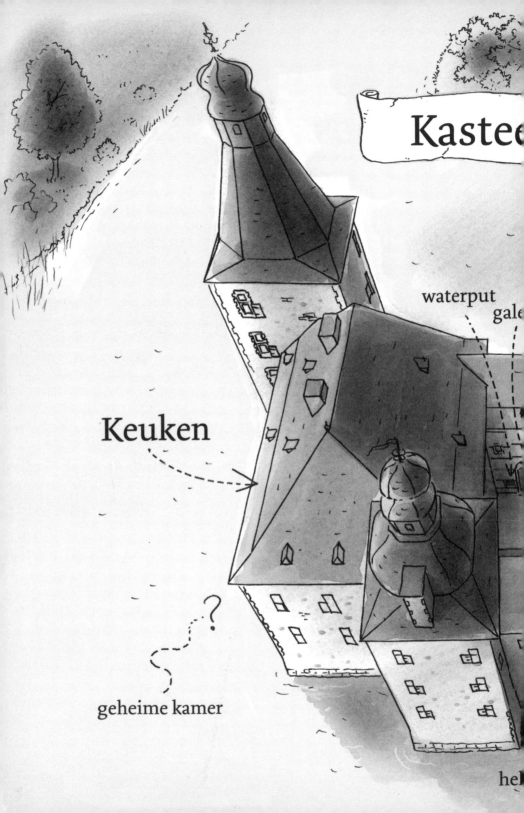

Kastee

waterput
gale

Keuken

geheime kamer